A TRAVERS

LES LIVRES A AUTOGRAPHES

Par M. Auguste DECAIEU.

(Lu à la séance de l'Académie du 22 Novembre 1872).

AMIENS

IMPRIMERIE DE H. YVERT, RUE DES TROIS-CAILLOUX, 64

—

1873

A TRAVERS

LES LIVRES A AUTOGRAPHES

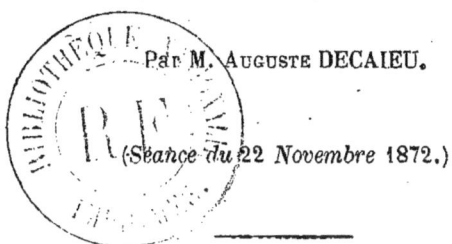

Par M. Auguste DECAIEU.

(Séance du 22 Novembre 1872.)

De même que l'horticulteur se plaît à montrer à
ceux qui partagent ses goûts les fleurs qu'il a fait
naître. ainsi l'amateur de livres, lorsqu'il remontre
des personnes disposées à s'y intéresser, aime à
leur faire part de ses découvertes et de ses joies.

J'ai l'intention de vous convier aujourd'hui à une
promenade à travers les livres à autographes; je ne
connais pas d'exercice plus agréable et plus profi-
table en même temps.

Les notes éparses que l'on trouve sur les gardes
ou sur les marges des volumes, fournissent à notre
intelligence ample matière à s'exercer; les lacunes
même et les obscurités stimulent notre ardeur, et
la curiosité y trouve, chemin faisant, des satisfac-
tions non moins utiles qu'imprévues.

C'est avec l'espoir de faire apprécier cet exercice
par ceux qui l'ignorent, de le rappeler à ceux qui

l'ont pratiqué déjà que j'entreprends cette promenade.
Et je vous demande la permission de n'en pas étendre
le champ en dehors des volumes que j'ai en ma pos-
session ; non pas que j'aie cette prétention, (trop
commune chez les collectionneurs), d'y rencontrer
des trésors, mais parce que ces volumes étant sous
ma main, connus de moi, me fournissent bien mieux
que d'autres les matériaux qui me sont nécessaires
et les exemples dont j'ai besoin.

Si nous analysons le plaisir délicat que goûte l'a-
mateur d'autographes, nous trouvons qu'il prend
spécialement sa source dans ce sentiment de durée
qui est si profondément ancré en nous et qui y
survit, malgré les apparents démentis que chaque
jour la mort lui inflige.

Il nous est si difficile de croire à une séparation
éternelle d'avec ceux qui ont emporté dans la tombe
notre amour ou notre admiration !

De là vient le prix que nous attachons aux objets
qui leur ont appartenu.

C'est là un sentiment universellement répandu et
qui, précisément à cause de sa force et de son uni-
versalité, a été maintes fois exploité aux dépens de
ceux qui s'y livrent sans discernement. Qui n'a
entendu parler des nombreuses cannes vendues
comme ayant appartenu à Voltaire, et des plumes
non moins nombreuses fournies comme ayant signé
l'abdication de Fontainebleau !

C'est ce même sentiment qui nous inspire une
sorte de vénération pour les endroits habituellement

fréquentés par les hommes célèbres, et il n'est personne parmi ceux ayant conservé le culte des grands noms du passé, qui pût demeurer indifférent en face de la chaumière de Jeanne-d'Arc ou de la maison qui vit naître Corneille.

Néanmoins ces goûts, et ces émotions ont soulevé des critiques et rencontré des adversaires.

Le goût pour les autographes spécialement, a été vivement attaqué ; et l'on aurait mauvaise grâce à s'en plaindre où à s'en étonner, il ne fait que subir le sort commun. Mieux vaut le justifier en cherchant sa raison d'être dans sa nature même, comme nous le faisons depuis quelques instants, et en s'efforçant de prévoir et de détruire les objections.

Parmi ces objections il en est une à laquelle je veux répondre avant d'aller plus loin ; c'est la plus sérieuse, la seule même qui le soit, et je n'en relèverai point d'autre.

Mais d'abord, qu'il soit bien entendu que je ne m'adresse pas à ces esprits étroits et chagrins chez lesquels l'amour-propre élit si volontiers domicile , à ces gens qui, de parti-pris, sans examen, de leur chef, avec un aplomb inébranlable et une confiance robuste, dénigrent indistinctement tout ce qui ne vient pas d'eux, tout ce qui est en dehors de leurs goûts, tout ce qui dépasse leur intelligence.

Que vous leur parliez des découvertes de la science, des progrès de l'esprit humain, de l'application des idées philantropiques, ou même parfois des problèmes religieux, invariablement nous vous heurtez contre un mauvais vouloir borné se manifestant, non par des objections sérieuses, mais par des attaques blessantes et des railleries banales que nulle réponse, si juste soit-elle, ne fera cesser. Ces attaques et ces railleries vous devrez vous borner à les mépriser en silence, sauf à laisser à leurs auteurs la satisfaction d'accuser votre naïveté, ce qui est une façon d'affirmer leur supériorité à eux.

On a combattu ce goût pour les autographes en alléguant les inexactitudes que rencontre celui qui cherche à en vérifier l'authenticité. En effet, leur valeur est bien de nature à tenter l'habileté des faussaires, d'autant plus que ceux-ci savent leur dupes promptes à s'enflammer et en tout cas empêchées par l'amour-propre lorsqu'elles viennent à soupçonner la fraude.

Et un exemple fameux est venu donner à cette objection une nouvelle force.

Il y a quelques années un amateur, ce n'était pas moins que M. Chasle, membre de l'Institut, s'est trouvé ainsi dupé de la façon la plus réjouissante. Jamais mystification plus colossale n'avait été menée à fin.

Un jeune homme, que M. Chasle employait à faire des copies dans les bibliothèques, lui avait fait accepter et lui avait vendu à haut prix les autographes les plus invraisemblables. Il y avait entre autres une correspondance d'où il résultait que Newton, en publiant ses découvertes, n'avait été qu'un plagiaire. Notre membre de l'Institut ayant mordu à l'appât se vit offrir d'autres pièces bien plus curieuses encore ; je ne sais s'il ne se trouva pas dans le nombre un cahier de la main même de Jules César, ainsi qu'une lettre d'Hérode ! et sa foi dans ces trésors était telle, qu'il soutint contre ses collègues une vive discussion dans laquelle il ne s'avoua vaincu qu'après plusieurs mois de lutte.

L'habile artisan en fourberies qui l'avait conduit si loin récolta pour sa part quelques années de prison, ce qu'on est vraiment tenté de regretter, au point de vue de l'art.

Est-ce que de là il faudra conclure qu'il est impossible de déterminer la véritable provenance des pièces autographes ? — Pas le moins du monde.

En fait d'autographes comme en tout, il faut que la science et le discernement viennent en aide au goût. On ne pourrait citer aucune matière où cette règle ne dût être appliquée.

L'amateur de tableaux, le connaisseur en vins, le collectionneur d'antiquités, l'acheteur de chevaux, tous les hommes en un mot quoi qu'ils fassent, dès que le bon sens leur fait défaut, sont une proie d'avance désignée aux fourbes :

« *Les sots sont ici bas pour* LEURS *menus plaisirs.* »

Mais ce danger universel ne provient évidemment que de l'insuffisance de l'amateur ; et il serait injuste de l'attribuer exclusivement à tel ou tel genre de recherches.

Ne signale-t-on pas journellement de très-habiles imitations des billets de banque ? Et a t-on jamais entendu dire que cet inconvénient ait détourné de leur goût aucun de ceux qui en font collection ! Les mésaventures de ce genre ne font qu'exciter chacun à apporter plus de précautions dans l'examen préparatoire auquel il doit se livrer.

Que l'amateur d'autographes mette dans ses vérications autant d'attention et de soin qu'en emploient chaque jour les banquiers pour examiner les effets de commerce qui leur passent dans les mains, et il n'aura que peu de risques à courir.

C'est qu'en dehors de la forme et du caractère de l'écriture qu'il est si facile à présent de comparer, grâce à la multiplicité des *fac-simile*, l'amateur a bien d'autres moyens de contrôle.

Spécialement en ce qui concerne les livres anotés nous rencontrons nombre de circonstances accessoires nous permettant de vérifier les conjectures que nous avons pu former à première vue. Il y a la date du volume, la forme de la reliure, les chiffres et armoiries gravés sur les plats ou appliqués à l'intérieur, les cachets, les *ex-libris* écrits, gravés, ou imprimés, sans compter les diverses annotations qui souvent s'éclairent et se complètent l'une par l'autre. J'oubliais les noms écrits par les propriétaires successifs, les mentions du volume dans les catalogues des ventes où il a passé, et bien d'autres indices dont chacun, pris isolément, peut n'avoir parfois qu'une faible valeur, mais dont la réunion constitue un faisceau de probabilités équivalant à la certitude.

Le relevé de ces signes et les déductions qu'il en

tire constituent de vives jouissances pour l'amateur. Vous allez en juger vous-mêmes à l'aide des quelques exemples qui suivent.

Dans cette revue, qui ne comprendra que des noms de personnages ayant cessé d'exister, j'adopterai l'ordre alphabétique ; c'est celui qui convient aux objets auxquels tout autre fait défaut.

Et nous n'aurons pas trop à nous en plaindre, puisque cet ordre nous amène à commencer par le nom de Mgr Affre et à finir par celui de Jean-Jacques Rousseau. Le hasard fait de ces coups.

Monseigneur AFFRE qui a ouvert la voie sanglante dans laquelle l'ont suivi jusqu'à présent deux archevêques de Paris sur trois, a été grand-vicaire à Amiens, et plusieurs d'entre vous l'ont certainement connu. Je rencontre ce nom en tête de son *Essai sur la suprématie temporelle du Pape et de l'Eglise* par lui envoyé à M. Magdelaine, un autre de nos compatriotes :

« Je désire, écrit-il dans l'envoi, avoir fait une œuvre
« utile ; mais on n'en est jamais assez assuré quand
« on traite de matières aussi délicates. »

Et en effet, depuis l'année 1829, époque où l'abbé Affre écrivait ces lignes, cette grave question n'a pas encore trouvé sa solution.

Je ne veux pas quitter monseigneur Affre sans produire une de ses lettres, bien que mon plan aujourd'hui ne comprenne, en fait d'autographes, que ceux apposés sur les livres. Cette lettre en vaut la peine.

Elle fut adressée en 1847 à notre député d'alòrs,
M. Creton, de qui je la tiens :

Monsieur,

« Permettez-moi, avant de partir, d'appeler spé-
« cialement l'attention des membres de la commis-
« sion sur une chose à laquelle personne n'a pensé
« et sur laquelle cependant mon parti est bien
« arrêté.

« On veut faire, dit-on, des prédicateurs à Saint-
« Denis; mais si je ne permets à aucun membre du
« chapitre, y compris le primicier, de monter dans
« les chaires de Paris, qui ira les écouter dans l'Eglise
« de Saint-Denis ?

« Si je ne les approuve pas, combien d'évêques
« les approuveront-ils ?

« Vous pouvez résoudre ces deux questions en
« assurant ces messieurs :

« 1° Que les chanoines de Saint-Denis ne prêche-
« ront pas dans mon diocèse et n'y exerceront aucune
« fonction ecclésiastique ;

« 2° Qu'ils ne seront pas invités par deux évêques
« de France.

« Vous pouvez ajouter que s'ils veulent former un
« séminaire, ils ne trouveront pas trois évêques qui
« veuillent leur envoyer des sujets, et ce qui est
« plus fort, ils n'auront ni supérieurs ni professeurs
« qui acceptent la mission d'instruire et de diriger
« les élèves ; il faut pour cela un dévouement qui
« ne se trouvera pas dans les 8,000 candidats qui

« postulent, assure-t-on, un titre de chanoine.
« Etc...»

Ce ton ferme et décidé nous montre l'illustre archevêque sous un jour spécial. On sait du reste que l'abbé Affre ne fut promu qne grâce à l'influence personnelle du Roi qui supposa que, choisi de préférence à bien d'autres plus en vue, le nouvel archevêque conserverait de cette faveur un souvenir qui le rendrait plus docile et plus souple. On voit combien Louis-Philippe s'était abusé.

Je me suis laissé entraîner par la contemplation de cette grande figure que tout nous rappelle ici. Celle qui suit ne nous arrêtera guère. C'est la figure inconnue d'un sieur François BARIN, auteur d'une *Grammaire françoise*, imprimée à Amsterdam en 1735 : il a signé tous les exemplaires, nous apprend il, pour éviter qu'on ne lui impute les fautes que présentent les contrefaçons. Jusque-là rien que d'ordinaire dans cette formule ; mais ce qu'il y a de réjouissant, c'est que cette bonne édition fourmille de fautes d'orthographe et, qui pis est, de fautes contre la langue. De sorte que l'on se demande ce que doivent être les mauvaises.

Le volume suivant a pour nous un intérêt tout particulier ; c'est un manuscrit d'environ 80 feuillets qui contient une traduction complète d'Horace, ainsi qu'une traduction des *Bucoliques* et des *Georgiques* et une de l'*Amphytrion* de Plaute.

L'auteur est BOISTEL D'WELLES, l'un des premiers membres de l'Académie d'Amiens. Le manuscrit tout entier de sa main et plusieurs fois signé de lui, porte à la fin la date de 1769. Je livre ce renseignement au futur historien de notre Académie.

Un nom qui peut se passer d'éclaircissement, c'est celui de Casimir DELAVIGNE, placé par lui avec une dédicace en tête de deux de ses pièces qu'il envoyait à l'un de ceux qui m'écoutent en ce moment, lequel a bien voulu me les laisser prendre.

Le volume qui suit a également été offert à un membre de notre Académie, mais qui depuis longtemps l'a abandonnée comme nous l'abandonnerons tous à notre tour. Il contient les *Poésies diverses* de DESFORGES-MAILLART, adressées par l'auteur à M. de Toulle, membre de l'Académie-royale des belles-lettres, sciences et arts d'Amiens. Marié de Toulle était beau-frère de Gresset ; quant à Desforges, poète médiocre du 18e siècle, il est plus connu par une plaisanterie célèbre dont il fut l'auteur que par ses œuvres.

Sous le nom de Mlle Malcrais de la Vigne, il publia, dans le *Mercure de France*, des vers auxquels presque tous les fournisseurs habituels de ce journal répondirent par des déclarations passionnées plus ou moins bien rimées ; Voltaire fut du nombre. Et ce ne fut qu'après plusieurs années de correspondance amoureuse, que la fraude fut découverte à la grande joie du public et à la grande confusion des soupirants.

Encore un de nos compatriotes dont le nom, sans l'envoi autographe que j'ai trouvé, serait resté ignoré

de moi, mais qui doit avoir été connu d'une partie
d'entre vous. C'est celui de DINOCOURT se présentant avec un *Cours de morale sociale* passablement
pesant. Si j'en crois les on dit, cet auteur amiénois,
se faisait de sa valeur une idée beaucoup plus haute
qu'il n'y avait lieu. C'est un travers souvent repro-
ché aux auteurs, mais, dont ils n'ont cependant pas
le priviélge.

Voici un volume qui a appartenu à Mme DORVAL
et dont la provenance n'est pas contestable, bien
que le nom de la grande artistique n'y soit pas écrit.

C'est l'édition première d'*Antony*, drame d'A-
lexandre Dumas, dans lequel Mme Dorval, remplis-
sant le rôle d'Adèle, a déployé toute la fougue et tout
l'abandon qui caractérisaient son talent.

Le volume, revêtu d'une riche reliure en maro-
quin, est rempli des annotations que l'actrice a
tracées au crayon et à l'encre en marge de son rôle ;
elle a souligné nombre de passages, elle en a suppri-
mé d'autres et en a modifié quelques uns. C'est
évidemment la pièce d'étude qui lui a servi pour la
création du rôle. On sait la valeur qu'atteignent dans
les ventes ces exemplaires lorsqu'ils proviennent d'un
acteur célèbre. En les voyant, en effet, nous nous
trouvons initiés à ce travail de transformation que
l'acteur fait subir à l'œuvre qu'il est chargé d'inter-
préter, travail grâce auquel bien souvent il y in-
carne un mérite que l'on n'y retrouve plus après lui.

J'arrive à deux noms célèbres ceux de DU CANGE
et de MÉNAGE, ornant un volume qui a une certaine

valeur intrinsèque, mais auquel ces noms donnent un prix bien supérieur.

C'est une grammaire grecque de J. Chéradame, imprimée vers l'an 1500 à Paris par Gilles de Gourmont ; les caractères sont beaux, la reliure soignée.

Sur la garde se trouve collé un *ex-libris* gravé offrant ces mots : « *Ex-libris quos domui professæ pa-* « *riensis societatis Jesu testamento reliquit vir claris-* *timus D. Aegidius Ménagius patritius Andeganensis.* « *vir inter litteratos erruditissimus. Anno* 1692 » Au dessus sont des notes en latin et en grec de l'écriture de Ménage, indiquant les noms des grammairiens prédécesseurs de Cheradame ; puis en tête du même feuillet, la signature de notre Du Cange avec la date de 1635 ; à la page suivante d'autres notes en grec de la main de Du Cange, suivies de quelques lignes écrites par Ménage. Enfin dans le cours du volume de nombreuses annotations de ce dernier, notes qu'un amateur ignorant a essayé de faire disparaître par un lavage.

De ces constatations qui se confirment l'une l'autre la conclusion est facile à tirer.

Après avoir servi aux études de Du Cange, âgé de 25 ans, lorsqu'il y inscrivit son nom, ce volume a passé (probablement après la mort de l'historien, arrivée en 1688), entre les mains de Ménage qui y a ajouté ses notes et l'a légué en 1692 à la maison professe des P. Jésuites de Paris.

Pourquoi à propos de Du Cange ne placerais-je pas ici un de mes souvenirs de chasse auquel son nom

se trouve lié ? Il est vrai que cette histoire n'est pas
à mon avantage, et que, par ma faute, je suis revenu
bredouille ; mais mon récit peut du moins servir à
signaler l'écueil que je n'ai pas su éviter.

Une vente de livres anciens se faisait à Amiens,
parmi lesquels un volume in-folio, ouvrage d'un prix
médiocre, relatif à l'histoire de France ; j'en ai
oublié le titre. A première vue, je reconnus l'écriture
de Du Cange, qui s'alongeait en lignes serrées cou-
vrant les gardes et les faux titres. Tout fier de ma
trouvaille, et plein encore de cette naïveté qui est
l'attribut de tout débutant, en chasse comme en
amour, je me hâtai d'annoncer autour de moi cette
découverte. Vous devinez ce qui arriva : je me vis
enlever le précieux volume que j'aurais eu pour un
prix médiocre si j'avais su retenir ma langue : *Et
nunc erudimini* ! Heureusement, notre zélé bibliothé-
caire était-là qui ne le laissa point échapper, et nous
pouvons le revoir dans la bibliothèque d'Amiens où
il se trouve à sa véritable place.

Une signature d'ANDRÉ DUMONT, sur un exemplaire de son compte-rendu à ses commettants, n'a
rien de rare, à Amiens surtout; et je ne vous y arrê-
terais pas si je n'y trouvais une occasion de faire
acte de justice envers notre député à la Convention,
lequel, assurément moins scrupuleux et moins dé-
sintéressé qu'il ne l'a prétendu, est loin pourtant
d'avoir déployé dans sa mission à Amiens, la cruauté
dont ses proclamations furibondes l'ont fait accuser.

Voici entre-autres une de ces proclamations ; j'en

reproduis le texte exact d'après un exemplaire trouvé dans les archives de la ville d'Albert, et dont on a bien voulu me laisser prendre copie :

LA RÉPUBLIQUE

OU LA MORT.

« André Dumont, représentant du Peuple dans les départements de la Somme, du Pas-de-Calais et de l'Oise, profondément indigné de l'attentat horrible commis cette nuit près le Temple de la Vérité où on scia et enleva l'arbre de la Raison, arrête :

« 1° Que toutes les autorités constituées s'assembleront sur le champ et feront faire les plus promptes perquisitions pour découvrir les auteurs de ce crime affreux et faire tomber sur eux le glaive de la loi.

« 2° Que les coupables seront punis de mort sur le lieu même où le crime a été consommé.

« Et attendu qu'il est indispensable de sévir avec la plus grande rigueur pour arrêter les progrès de cette infernale conspiration fomentée par les prêtres et les fanatiques.

« Arrête :

ARTICLE PREMIER.

« Tout homme ci-devant connu sous le nom de prêtre, bedeau, suisse, chantre, et autres de cette espèce, trouvé dans la rue après six heures du soir ou avant sept heure du matin, sera arrêté et conduit en prison.

« ART. II — Tout citoyen trouvé dans les rues, après dix heures du soir, sera incarcéré.

« ART. III. — Tout homme qui, par ses propos tenterait à faire improuver les mesures révolutionnaires, sera arrêté et livré à une commission qui sera établie pour juger les conspirateurs : tous les bons citoyens sont invités à exécuter eux-mêmes la première disposition de cet article.

« ART. IV. — L'adjudant général est en outre chargé de prendre toutes les mesures qu'il croira convenable pour le maintien de la tranquillité et l'arrestation des coupables.

« Le présent arrêté sera imprimé dans le jour, lu, publié et affiché dans les carrefours.

Signé : DUMONT.

« Le 8ᵉ jour de la deuxième décade du troisième Frimaire de l'an second de la République française une, indivisible et impérissable.

« A Amiens , de l'imprimerie de J.-B. Caron l'aîné, imprimeur du Département, 1793.

Et déjà, le 9 septembre 1792, il avait écrit à la Convention, annonçant qu'il avait fait arrêter 64 prêtres : « J'ai fait lier deux à deux ces cinq dou« zaines d'animaux ; de bêtes noires ; elles ont été « exposées à la risée publique, puis incarcérées. »

Mais il a pu dire néanmoins plus tard, avec quelque raison : « *Les comités m'avaient demandé du sang et je ne leur ai envoyé que de l'encre.*

Sous ce rapport, Lacretelle le jeune lui a donné un

témoignage non suspect dans son précis de la Révolution : « Personne, écrit-il, ne parla avec plus de
« dureté que lui le langage révolutionnaire ; mais,
« j'ose le dire parce que j'en ai acquis la conviction
« sur les lieux mêmes, il sauva la vie de ceux envers
« qui il se montrait si redoutable. »

A cette appréciation je puis joindre un témoignage
plus particulier ; je le trouve dans une lettre de
monseigneur de la Tour-d'Auvergne, évêque d'Arras,
mort il y a peu d'années, qui écrit à Dumont le 24
mai 1815 pour le féliciter de sa nomination en qua-
lité de préfet du Pas-de Calais. « Je n'ai jamais ou-
« blié, dit le prélat, que je vous ai dû la conserva-
« tion de mes jours dans des temps critiques. »

Et je sais que dans notre ville on ne serait pas
embarrassé de trouver encore des témoignages semblables. Pour ma part, sans lui je n'aurais probablement pas l'honneur de vous entretenir aujourd'hui.
Plusieurs fois j'ai entendu le récit des efforts qu'il
fit et des ruses qu'il employa pour préserver mon
grand-père proscrit en 1790, en même temps que
les autres administrateurs du Département, pour
avoir signé et présenté à Louis XVI une protestation
contre l'émeute du 20 juin. Dumont avait soin de
faire avertir la famille de l'endroit et du jour où se
devaient faire les perquisitions qu'il ordonnait, et son
intervention alors fut d'autant plus méritoire que,
depuis longtemps déjà, son ancien ami était brouillé
avec lui et refusait de le voir.

Nous ne quittons pas les hommes de la Révolution

en rencontrant Bailly et Anquetil DUPERRON.
Dans une longue note inscrite en 1784 sur un ouvrage du premier intitulé : *Lettres sur l'Atlantide*,
le savant mais irascible orientaliste malmène fort
celui qui fut plns tard maire de Paris et qui sut mourir si courageusement. « Ce livre, dit Duperron, est
« ennuyeux et provoque le sommeil ; la fin est un
« vrai délire, surtout quand l'auteur veut parler
« langues. »

Là route que nous suivons nous fait passer sans
effort du grave au doux, du plaisant au sévère.

Elle nous présente actuellement le gracieux roman
grec de *Théagènes et Chariclée*, et les *Eglogues*, de
PIERRE DUPONT.

Sur le volume d'Eglogues, production assez faible
de ses dernières années, Pierre Dupont a inscrit quelques vers par lui improvisés en forme de dédicace à
un ami. Je me souviens que de deux exemplaires
semblables, mis en vente ensemble, celui-ci me fut
livré à un prix inférieur, parce que, me dit le ven-
deur, *il y a de l'écrit dessus.* »

Quant au roman grec que Racine, écolier, lisait
en cachette et apprenait par cœur, l'édition dont j'ai
à parler est fort belle, imprimée à Bâle en 1534 sur
beau papier.

Mais ce qui lui donne un prix bien plus grand,
c'est que toutes les marges en sont littéralement
couvertes de notes manuscrites en grec et en latin,
œuvre de cet ingénieux lettré qui s'appelle ERASME.
Leur nombre dépasse celui de neuf cents ; il faudrait

un plus habile que moi pour les expliquer, mais je n'en considère pas moins ce volume comme un des plus précieux que le hasard ait fait tomber dans mes mains.

Sur le titre se voit cette note en l'écriture ancienne Εx-των του Ερασμιου Βαισλεωσ Βιϐλιων.

Vous savez que, comme tant d'autres, notre GRES-SET avait l'habitude d'écrire sur ses livres; (habi tude que, dans l'intérêt de leurs héritiers, je ne saurais trop recommander à ceux d'entre vous qui sont en passe de devenir célèbres).

Après lui, ses livres allèrent entre les mains de son beau-frère Marié de Troulle qui les signa et y apposa un *ex-libris* offrant son nom et ses armes.

J'ai réuni un assez grand nombre de volumes provenant de ces deux bibliothèques et placés à différents degrés de l'échelle sociale... des livres ; depuis l'*Horace ad usum juventutis* sur lequel l'écolier, suivant l'usage antique et solennel, s'est amusé à griffonner son nom de toutes les façons, au crayon bleu, au crayon rouge et à l'encre, jusqu'aux *Essais de morale* que le poète dans, ses derniers jours, a lus et médités.

Je ne vous entretiendrai que de ce dernier volume. dont l'auteur est Nicole, sous le pseudonyme de Chanteresme, et qui nous fournit un nouvel exemple des résultats que la recherche des livres à autographes peut amener.

C'est évidemment un de ces conseillers malencontreux auxquels nous devons les scrupules exagérés

qui ont induit Gresset à brûler les deux derniers
chants du *Vert-Vert* et deux pièces de théâtre. L'un
de ces essais, en effet, est dirigé contre la comédie et
contre les romans qu'il attaque très énergiquement ;
et l'on voit que Gresset l'a lu et relu : les marges
usées et salies et le cahier détaché à moitié du dos
en sont des témoignages certains.

Ce volume n'aurait-il pas bien à son tour mérité
le feu ? Mais son supplice ne nous rendrait pas ce
que nous avons perdu.

GRÉTRY contribue pour sa part à cette revue par
l'envoi, autographe signé, de son opéra : l'*Epreuve
villageoise*, à la femme de l'auteur des paroles, Mme
Desforges. Cette provenance est surabondamment
attestée par le nom de cette dernière. gravé sur la
couverture.

Que diriez-vous d'une dame qui, de nos jours, ap-
poserait son nom sur un volume de Brantôme ? Mais
celle à qui sa mère écrivait, avec le laisser-aller que
l'on connaît, les amours du chevalier de Sévigné avec
la Champmeslé, celle-là pouvait bien se montrer
moins scrupuleuse. C'est en effet Mme de GRIGNAN
qui a signé ce volume du licencieux auteur des
Dames galantes ; et qui sait si ce Brantôme n'a point
d'abord appartenu à la divine marquise !

Il est vrai que je n'y ai trouvé aucune trace m'au-
torisan à en tirer cette conséquence ; j'y ai seulement rencontré seulement le nom de Leguay, et j'ai
eu la satisfaction de trouver ce Leguay cité dans la
lettre de Mme de Simiane comme un des secrétaires

de M. de Grignan, son père. C'est une confirmation
que rendait, du reste, inutile l'écriture bien connue
et bien caractérisée de Mme de Grignan.

Voilà GROSLEY, le malicieux auteur des *Mémoires
de l'Académie de Troyes*, qui nous apporte une
longue note inscrite par lui sur un exemplaire du
Scaligerana, dans laquelle, en bibliophile soigneux,
il énumère tous les ouvrages du même genre qui ont
précédé celui-là ; aujourd'hui la liste serait bien
autrement longue.

Un *Novum testamentum* signé de LAMENNAIS et
paraissant avoir été fort lu nous remet en mémoire
ce grand esprit dévoyé qui, si rapidement, a fait suc-
céder la pitié à l'admiration dans le cœur de ses amis.

Par exemple, ce n'est ni l'amitié ni l'admiration
qui nous feront conserver la signature de l'intrigante
qui se nomme la comtesse de LA MOTTE, signature
apposée sur un volume contenant ce qu'elle appelle
ses *Mémoires*.

Mais quoi ! en même temps que l'on est homme
on peut être bibliophile, et l'on sait alors que, ra-
chetée par la cour de France, la première édition de
ce libelle, publiée à Londres en 1788, a péri presque
tout entière dans les fours de la manufacture de
Sèvres ; on sait que très peu d'exemplaires ont
échappé, grâce à la négligence ou à l'infidélité
des ouvriers; et cette signature sert à attester que le
volume qui en est revêtu n'appartient pas à la con-
trefaçon publiée l'année suivante loin des yeux de
l'auteur.

Encore une victime qui accuse un pouvoir tyran-
nique, mais cette fois avec plus de raison ; cette victime n'est autre que l'infortuné LATUDE. Sur un
papier impossible, qui mérite bien le nom de papier à
chandelle, il écrivait de petits cahiers qu'il faisait
passer comme il pouvait hors de sa prison. On en
connaît quelques-uns qui ont échappé aux chances
de destruction ; celui-ci est du nombre.

Il comprend 40 pages d'une écriture nette et lisible
mais dont l'aspect accuse la difficulté avec laquelle
chaque lettre a été tracée. Latude, alors à Vincennes,
adjure celui entre les mains duquel tomberont ces
pages de les remettre à M. de Sartines ; il ne doute
pas que le lieutenant de police ne se sente ému des
efforts faits pour sa conversion. En effet, ces pages
sont remplis de reproches et d'avis relativement aux
vices et aux cruautés du lieutenant. Pauvre Latude !
En même temps il se plaint du démon par lequel il
se croit chaque nuit poursuivi.

Le style accuse un certain désordre dans les
idées ; il est tout autre que celui de ses mémoires,
lesquels d'ailleurs, on le sait, n'ont pas été rédigés
par lui.

Je laisse de côté quelques lignes du savant
LETRONE, fournissant des renseignements sur
Philostorge, auteur religieux du IVᵉ siècle, et j'arrive
à un amiénois, M. LE VAVASSEUR, auteur d'une
traduction en vers du *Livre de Job* par lui adressée à
l'un des nôtres. Celui-là, vous allez le voir, l'avait
bien gagnée.

C'était il y a longtemps, bien avant les chemins
de fer. Appelé à Beauvais, il se disposait à prendre
la diligence, par une température glaciale, lorsque
son ami Le Vavasseur lui fit une proposition qu'il
accepta avec plaisir : celle de le conduire à Beauvais où il se rendait avec sa voiture et son cocher.
Le léger véhicule devait arriver bien avant la pata-
che ; d'ailleurs, on partirait la veille et l'on cou-
cherait à Breteuil.

Tout alla bien jusqu'à la sortie du faubourg ;
mais à ce moment M. Le Vavasseur fit prendre le
pas au cheval, et, sortant de sa poche un volumi-
neux manuscrit, se mit à le lire à son compagnon
de voyage pris au piége. Et le cheval continua à
marcher le pas et, Job continua à se lamenter, et
cela jusqu'à Breteuil !

Mais à cette circonstance je dois d'avoir pu enre-
gistrer un autographe de plus, et il m'est impossible
de la regretter.

Dans ce rapide examen je laisse de côté les livres
seulement signés. En voici un néanmoins ; mais
cette signature, si elle est authentique, donne un
démenti formel à l'histoire, et même, je ne vous le
dissimule pas, ce démenti peut avoir une influence
désastreuse sur l'avenir de notre pays, en ajoutant
un parti à ceux déjà trop nombreux qui le divisent.

Elle aurait été apposée, par le fils de Louis XVI
sur un volume intitulé : *Mémoires du Duc du Nor-
mandie*, imprimé en 1831, époque à laquelle Louis

XVII aurait eu 46 ans. Mais alors que devient le récit qui le fait mourir au Temple en 1795 !

La vérité est qu'il y eut plusieurs aventuriers qui essayèrent de se faire passer pour cet enfant miraculeusement enlevé à ses bourreaux. Celui-ci est un de ces prétendants ; c'est lui qui fut détenu à Milan en même temps que Silvio Pellico, et qui est cité dans les *Prisons.*

La ruse employée d'après lui pour le tirer du Temple ne lui a pas coûté grands frais d'imagination; elle est, comme le jeu de l'oie, renouvelée des Grecs. Il fut, dit-il, enfermé dans le corps d'un cheval artificiel que l'on parvint à introduire dans l'enceinte du Temple, puis à faire sortir le soir, en laissant dans la prison le cadavre d'un enfant du même âge.

Et il ne faut pas traiter trop légèrement ces récits, car ceux qui les produisent nous obligent encore à l'heure qu'il est à compter avec eux.

La justice française se trouve, en ce moment même saisie d'une demande formée par les enfants de Charles-Guillaume Naundorff, décédé horloger à Bréda, lequel n'était autre, d'après eux, que Louis XVII. C'est dans un cercueil que celui là aurait été caché.

Ses héritiers réclament à M. le comte de Chambord la succession de la duchesse d'Angoulème, et, après avoir succombé devant le tribunal de première instance, ils ont interjeté appel à la date du 13 avril dernier. L'affaire est pendante devant la cour de Paris.

Nous retrouvons encore deux pièces d'étude ayant servi à une actrice éminente ; l'une est *Marie* de madame ANCELOT, portant un envoi autographe de l'auteur à Mlle MARS, et l'autre est le drame de Kotzebue : *Misanthropie et Repentir*. Mlle Mars a créé dans la première pièce le rôle de Marie, et dans la seconde, celui d'Eulalie. On y remarque des notes et indications relatives aux jeux de scène.

MEURSIUS, poète latin, né en Hollande en 1579, adresse, avec une assez longue dédicace en latin, à l'ambassadeur du roi de France près les Provinces-Unies, un exemplaire de ses poésies.

On ne connaît qu'un nombre très restreint d'autographes de ce savant ; et vous n'ignorez pas la valeur que la rareté ajoute aux choses. Cette loi économique s'applique aux autographes comme à tout autre objet.

En latin également est la mention suivante mise sur un exemplaire des comédies de Plaute :

« Ex dono auctoris nobilissimi ac omni ex parte « generosissimi viri » Celui qui a signé cette attestation est l'historien MEZERAY. Bien entendu, quand il déclare tenir cet exemplaire de l'*auteur*, il n'entend point parler du poète latin, mais de son traducteur Michel de Maroles ; Mézeray n'est pas aussi crédule que M. Chasles.

Après l'abbé d'OLIVET, adressant à l'évêque de Baras un superbe exemplaire de son *Histoire de l'Aca-*

démie, nous rencontrons une des plus odieuses figures du temps de la Terreur, celle de PRUDHOMME, l'auteur des *Révolutions de Paris*, qui a signé un volume intitulé : *Les crimes des Reines de France*, publié en 1794. On a prétendu que plus tard Prudhomme avait désavoué toute participation à ce libelle calomnieux qui a contribué à conduire Marie-Antoinette à l'échafaud ; sa signature qui s'étale sur notre exemplaire, nous autorise à lui en conserver tout l'honneur.

Nous pouvons maintenant nous reposer un peu avec PICCINNI envoyant son opéra d'*Athys* à la même madame Desforges que nous avons citée tout à l'heure et surtout avec RACINE.

Déjà, l'an dernier, j'ai fait passer sous vos yeux un exemplaire d'*Athalie*, portant des vers de sa main; aujourd'hui, ce sont des notes qu'il a tracées avec sa signature sur une *Histoire des troubles de Portugal*. Racine paraît avoir eu de ces événements, arrivés de son temps, une connaissance particulière, et ses notes complètent les éclaircissements donnés par l'auteur.

Après le grand poète Racine, nous tombons sur le minuscule poète RAMIER que vous ne devez pas connaître et il n'y a guère lieu de le regretter. C'est un écrivain qui a composé, il y a un peu plus de cent ans, un poème en 12 chants, illisible, qu'il a jugé à propos d'appeler : l'*Ulyssipéade ou le Tremblement de terre de Lisbonne* !

En tête de son livre qu'il a signé se trouve une note annonçant qu'il aura le *plaisir* de se présenter chez les personnes respectables amies des lettres,

promettant d'ailleurs de se retirer sans esclandre dans
le cas où l'on ne consentirait pas à acheter son livre;
et sa requête est appuyée de vers tels que ceux-ci :

> En m'accordant votre suffrage,
> Fixez un prix à cet ouvrage ;
> Un présent appelle un présent, etc...

Cet exemple, auquel bien d'autres pourraient être
joints, nous prouve que nous n'avons pas à nous
vanter d'avoir inauguré la mendicité rimée; l'indus-
trie des fabricants de vers est bien antérieure à notre
siècle ; nous n'avons fait que la perfectionner.

Je termine par un volume que J. J. Rousseau a
signé et dans lequel il a semé de nombreuses correc-
tions. Malheureusement, ce n'est pas un de ses ouvrages ; c'est un *Traité de trigonométrie* où cette
même main qui a écrit *Les Confessions* s'est astreinte
à corriger les 260 fautes indiquées par l'*erratum*.

Me suis-je trompé au début, alors que sommaire-
ment je vous indiquais les résultats et les plaisirs
qu'amène la recherche des livres à autographes ?

Je ne le crois pas. Il me semble, au contraire que
cette revue, que nous avons passée ensemble, n'a fait
que confirmer mon assertion, en nous présentant, sous
un jour particulier, certains des noms qu'elle a fait
passer sous nos yeux.

Ces hommes déjà étaient connus de nous, plusieurs
fois nous avions contemplé leur figure, mais en les
envisageant d'un point de vue autre. Celui auquel
nous nous plaçons aujourd'hui nous les fait voir sous
un jour moins éclatant, qui éblouit moins les yeux,

et qui par suite nous permet d'étudier certains détails jusque là demeurés dans l'ombre.

Les souvenirs que ces autographes réveillent, les constatations dont ils sont ou l'occasion ou l'instrument, tout cela, je le répète, ne me paraît point indifférent quant au jugement que nous devons porter sur les hommes qui ont laissé trace de leur passage.

Je n'hésite même pas à déclarer que ce genre de recherches, indépendamment des résultats obtenus, n'en procure pas moins par lui-même, à celui qui s'y livre, un profit inconstestable. Alors même en effet que nous n'en rapportons aucune nouveauté digne d'être signalée, nous y puisons une excitation favorable à notre développement intellectuel. Notre esprit ne peut que gagner à cette sorte de gymnastique à laquelle il se livre, à propos d'un nom incertain, d'une note obscure ou d'une date contestée.

D'ailleurs, la contemplation des autographes produit sur nous des effets comparables à ceux du mirage présentant à nos yeux le reflet d'objets qui ne peuvent être vus directement ; cette contemplation fait devant nous surgir, en quelque sorte, ceux que la mort ou l'éloignement mettent hors de notre portée.

L'écriture en effet reste sur la terre comme une émanation permanente de celui qui en fut l'auteur. C'est là une vérité qu'il est impossible de méconnaître, lors même que l'on entend faire toutes réserves contre ce système à l'aide duquel certains adeptes prétendent y trouver une indication des goûts et du caractère de l'écrivain, voire même une révélation des événements qu'il a traversés et de ceux qui l'attendent dans l'avenir.

C'est surtout lorsque celui qui a formé ces caractères n'est plus, que pour nous la valeur de l'autographe augmente ; cette valeur prend alors une importance proportionnée à la force des sentiments qui nons rattachent à l'auteur.

Chacun pourrait, j'imagine, sans creuser bien avant dans ses souvenirs, retrouver des impressions analogues. Quel est celui qui, de temps en temps, ne se procure la douloureuse satisfaction d'exhumer quelques lettres pieusement conservées, œuvre d'une main qui jamais plus n'écrira !

Et, pour ne pas quitter le domaine littéraire, que d'exemples ne trouvons nous pas dans ce charmant royaume où, pour notre plus grande satisfaction, s'agitent, emportés par la passion, ces personnages aimés sortis du cœur des poètes : les Saint-Preux, les Werther, les René, et tant d'autres, amants, pères, époux, enfants..., qu'importe ! Nul d'entre eux ne peut se soustraire à ce sentiment, à la vue d'une écriture chérie : « Voilà, se disent-ils. les traits sur lesquels *ses* yeux se sont reposés, c'est *sa* main qui les a tracés, c'est *sa* pensée qui les a animés, y incarnant un caractère qui demeure ici-bas comme un prolongement de sa personne, et comme la promesse d'une réunion future !

Déjà Euripide faisait dire à Thésée, après la mort de Phèdre : « Qu'est-ce que ces tablettes que je vois

« suspendues ? Oh ! combien sont douces à mon
« cœur ces empreintes laissées par celle qui n'est
« plus ! »

Ces quelques considérations, auxquelles bien
d'autres pourraient être jointes, expliqnent ce goût
des amateurs qui recueillent religieusement les autographes et les livres annotés et aussi la pratique,
de ceux qui, à défaut de volumes provenant de l'auteur, s'attachent à ce que j'appellerai la composi-
tion artificielle des livres à autographes.

Lorsqu'on possède un bel exemplaire d'une œuvre
estimée et que l'on y peut joindre des pièces manuscrites émanées de l'auteur ou des personnages par
lui cités, en les accompagnant de portraits et de *fac-
simile*, on se trouve réellement avoir *créé*, à l'aide de
ces éléments épars, un ensemble précieux qui aupa-
ravant n'avait pas d'existence, et auquel se trouve
attachée une valeur que le temps, loin de la dimi-
nuer, ne pourra qu'augmenter.

On n'a qu'à parcourir les catalogues pour rencontrer nombre d'exemplaires ainsi formés par des amateurs passionnés ; récemment un libraire de Paris
mettait en vente un exemplaire des œuvres de Voltaire composé de cette façon, et cet exemplaire il ne
l'évaluait pas à moins de trente-cinq mille francs !

Je prendrai au hasard quelques volumes parmi
ceux que j'ai pu réunir :

Franciscus Columna de Charles Nodier, volume
auquel se trouvent joints deux portraits, un *fac-simile*

et une page détachée de l'un des manuscrits de l'auteur.

Un exemplaire des *Rêveries du maréchal de Saxe*, contenant, outre les gravures, portraits et *fac-simile* ajoutés, une lettre signée de lui.

Les *lettres* de Mme de Sévigné, édition Hachette, dont chaque volume contient un *fac-simile* et une lettre autographe de l'un des personnages qui s'y trouvent cités : Mme de Grignan, Louis XIV, Mathieu-Molé, Boileau, Turenne, Colbert, Sully, etc... Malheureusement le premier tome attend encore un autographe de l'auteur des Lettres.

Enfin un volume in-4° où se trouvent réunies en éditions originales les sept *oraisons funèbres* prononcées dans les églises de Paris et de Versailles après la mort de Turenne, ainsi que le récit de ses obsèques, avec lettre de lui en tête et sept portraits différents. Chacune de ces vingt pièces a été recueillie séparément et conservée avec soin jusqu'au moment où le hasard, me fournissant occasion de les compléter, m'a mis en mains un volume qui, mieux que n'importe quel objet, me rappelle le héros à la gloire duquel il est consacré.

C'est qu'en effet, en dehors de l'écriture, je ne connais rien qui, à un degré pareil, produise en nous une impression de cette nature.

Peut-être cependant pourrait-on citer le reflet photographique, si saisissant parfois de vérité. Mais encore, si l'on comparait l'un et l'autre, voudrais-je que l'on accordât à l'écriture la préférence que les manifestations de l'âme doivent obtenir sur ce qui n'est qu'une reproduction de la portion matérielle de notre être.

A ce point de vue donc, il est permis de le dire sans être taxé d'exagération, l'écriture d'un grand homme, indépendamment du sens qu'elle offre, ne s'agirait-il que d'une simple signature, peut avoir pour nous l'importance d'une véritable relique.

Ce caractère tout particulier, joint aux autres avantages qui y sont attachés, suffit amplement pour justifier la faveur dont jouissent actuellement les autographes et le nombre toujours croissant de ceux qui les recherchent.

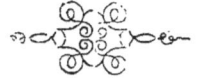

Amiens. Typ. H. Yvert

www.ingramcontent.com/pod-product-compliance
Lightning Source LLC
Chambersburg PA
CBHW060901180626
46818CB00004B/1807